Und dann tanzen wir laut

Text von Melanie Gerber, Illustrationen von Nina Bucher

Das Projekt wird von folgenden Organisationen finanziell unterstützt:

Koju Konferenz der Jugendbeauftragten
der evangelisch-reformierten Landeskirchen
der deutschen Schweiz

Kanton Zug

Unterstützt vom
Kanton Zug

Blaues Kreuz Ostermundigen

Private Spenden von Autorinnen des Blaukreuz-Verlags

Impressum

www.blaukreuzverlag.ch

Lektorat: Maria Künzli, Blaukreuz-Verlag
Satz und Gestaltung: Stephan Cuber, diaphan gestaltung, Liebefeld
Druck: Friedrich Pustet GmbH &Co. KG, Regensburg

ISBN 978-3-85580-560-0

Und dann tanzen wir laut

Text von Melanie Gerber,
Illustrationen von Nina Bucher

Inhalt

1. Joy – Freude

Ich bin Joy. Ich bin 19, und lebe mit meiner Mutter, meinem kleinen Halbbruder Milo und meinem Stiefvater Matthias zusammen. Vor zwei Jahren flog ich vom Gymnasium, weil ich zu viel schwänzte. Jetzt mache ich ein Praktikum im Treuhandbüro meines Stiefvaters.

Dass meine Mutter mich Joy getauft hat, liegt daran, dass sie 19 war und aller Welt sagen wollte, dass es kein Unglück ist, dass es mich gibt.

Manchmal stelle ich mir vor, wie es für sie war. Zuhause, in der Schule, mit ihren Freundinnen.

Ich kenne ja meine Grosseltern.

**Dem sage ich was,
der muss gar nicht meinen.**

Es ist wie im falschen Film.

Meinen Vater kenne ich nicht.
Vielleicht waren sie wie Romeo und Julia, meine Eltern.
Eine grosse Liebesgeschichte mit allem drum
und dran und mit mir.
Vielleicht waren wir glücklich,
zu dritt in unserem Kokon.

Was mir Freude macht:

Mein kleiner Bruder Milo
der Duft von Jasmin
Katzen
meine Familie
schöne Karten
weiche Stoffe
mein Zimmer
und das Wichtigste:

tanzen

Manchmal aber auch gar nichts.
Vor allem in letzter Zeit. Dann fühle ich mich einfach leer.

Das beginnt schon vor dem Aufstehen.
Wenn mich die Vergangenheit im Traum einholt.

**Jetzt hab dich doch nicht so.
Für mich kannst du es doch tun.**

Sie hören die Nachrichten von 7 Uhr. Der Nationalrat hat gestern entschieden, dass …

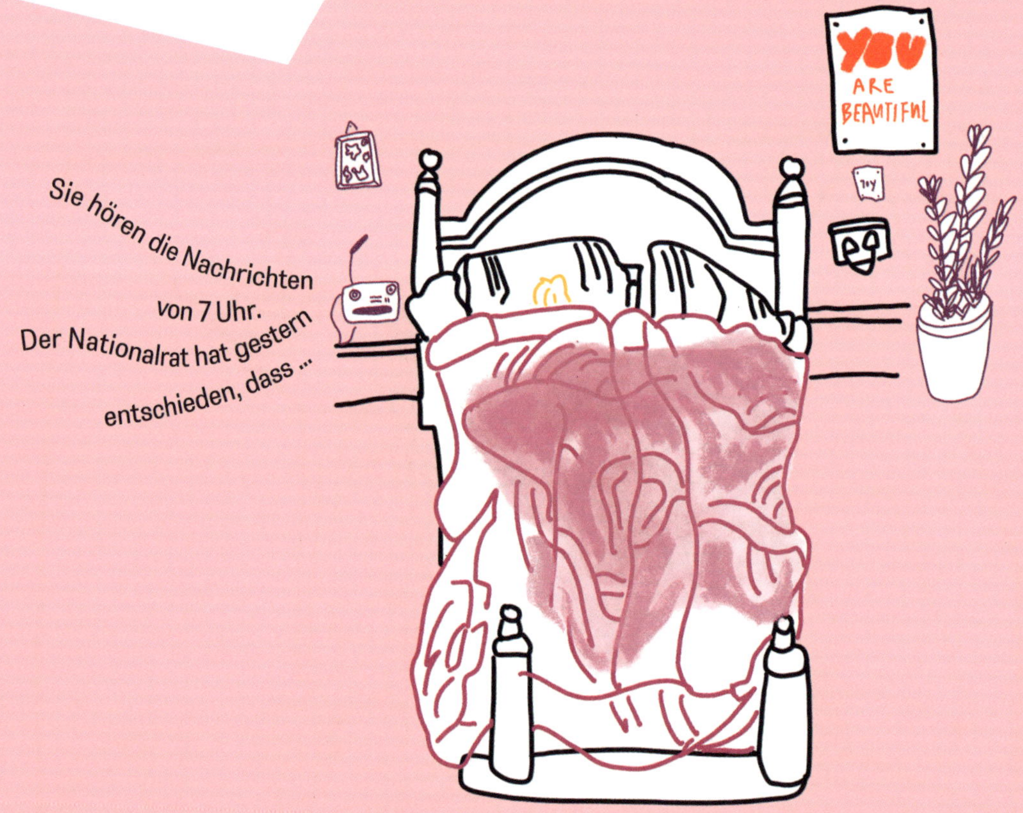

Und hört auch danach nicht auf. Besonders, wenn Mam und Matthias mich mit diesen sorgenvollen Blicken anschauen, als würde meine ganze Zukunft von diesem einen Tag abhängen. Dabei sind sie doch viel zu sehr mit ihrem eigenen Leben beschäftigt.

Hältst du mal Milo?

Auf dem Weg zur Arbeit schweigen wir.

Ich muss Iris sagen,
dass sie den Vertrag
für Kaufmann
raussuchen soll.

Und auch am Kopierer redet niemand mit mir.
Nur über mich, das höre ich ganz genau,
auch wenn sie glauben, dass sie leise sind.

Sie ist nicht seine
richtige Tochter.

Aber deshalb hat sie
doch das Praktikum hier
gekriegt, oder?

Ich habe gehört,
dass sie von der Schule
geflogen ist.

Nach Feierabend fahre ich mit dem Bus in die Stadt.

Dort leite ich eine **Tanzgruppe**. Seit vier Jahren.

Wenn ich über die grosse Brücke gehe, bleibe ich oft stehen.

Ich schaue ins Wasser und lasse einen Stein hinunterfallen.

Ich zähle die Sekunden bis zum Aufprall.

Erst, wenn ich die Mädchen vor dem Quartierzentrum warten sehe, kommt die Freude langsam wieder.

Lea ist 13, Schweizerin:

… und dann hat er mir geschrieben.

Dwani ist 14, Tamilin:

So schnell? Zeig mal.

Olivia, 15, und Kim, 12, sind Schwestern

Dilara, 12:

Meine Eltern haben sich schon wieder gestritten.

Elea, 17:

Und danach möchte ich ein Austauschjahr machen.

Noemi, 14, ist neu in der Gruppe.

Dann, wenn ich Joy bin.
Und das bin ich, wenn ich tanze.

2. Olivia – Die kleinen Dinge

Ich bin Olivia. Ich lebe mit meiner Mutter und meiner jüngeren Schwester Kim zusammen.
Unsere Eltern haben sich getrennt.
Den Vater sehen wir nicht regelmässig.

Fragt jemanden in der Gruppe, irgendjemanden.
Sie werden alle das Gleiche sagen.
Dass sie schon immer getanzt haben. Ich nicht.
Im Gegenteil.
Sport mochte ich eigentlich noch nie so richtig.

Hey Dwani,
wie machst du das mit den Knien
nach dem zweiten Criss Cross?
Das sieht voll gut aus immer.

Keine Ahnung, Dilara.
Meinst du so?

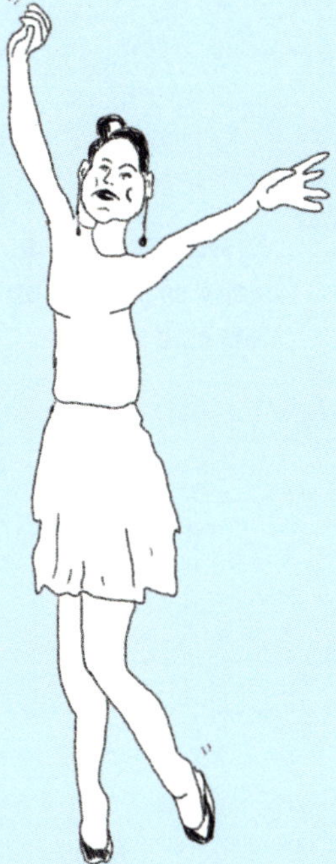

Aber dann ist das mit meinen Eltern passiert.
Man hat meiner Mutter geraten, dass wir
Zeit ausserhalb verbringen. In einer Gruppe.
Also begann ich zu tanzen. Und es fühlte sich gut an.

Frei. Anders. Weg von allem.

Nach dem Tanzen sitzen wir noch zusammen und reden über Dinge.
Über Jungs.
Über die Schule.
Über unsere Eltern.

Wie macht ihr das,
wenn ihr euch verliebt habt
und eure Eltern nichts davon
wissen dürfen?

Ich möchte wirklich gerne
ein Jahr nach San Diego.
Meine Eltern erlauben es mir nur,
wenn ich in Mathe bessere
Noten mache.

Über das, was nervt.
Traurig macht.
Oder glücklich.

Die Neuen müssen sich erst daran gewöhnen.
Noemi war heute zum ersten Mal hier.
Sie fand das Tanzen gut, und hat gefragt, ob wir
danach immer noch zum Reden bleiben.

Tschüss,
bis nächste Woche.

Gute Nacht.
Viel Glück beim Test!

Wir sehen uns
morgen in der Schule.

Wir wohnen auf der anderen Seite.

Von der Brücke aus
sieht die Stadt
besonders schön aus.

Jedes Mal entdecke ich etwas Neues.

Ich mag die Details, die niemandem auffallen.
Die fotografiere ich gern und stelle sie auf Insta.
Dazu schreibe ich #diekleinendinge
Und dann denke ich an Papa.
Eine verlorene Seele, sagt Mama.

olivia_kleinedinge

61 likes

olivia_kleinedinge

52 likes

olivia_kleinedinge

74 likes

Wenn Mama nicht da ist, kümmert sie sich auch um verlorene Seelen.

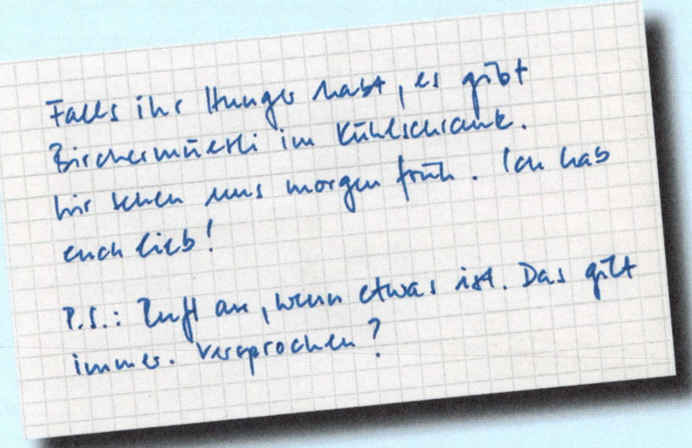

Falls ihr Hunger habt, es gibt Birchermüesli im Kühlschrank. Wir sehen uns morgen früh. Ich hab euch lieb!

P.S.: Ruft an, wenn etwas ist. Das gilt immer. Versprochen?

Mama arbeitet in der Pflege.
Deshalb sind Kim und ich ab und zu allein.
Meine Freundinnen sind manchmal etwas neidisch,
weil wir tun können, was wir wollen.

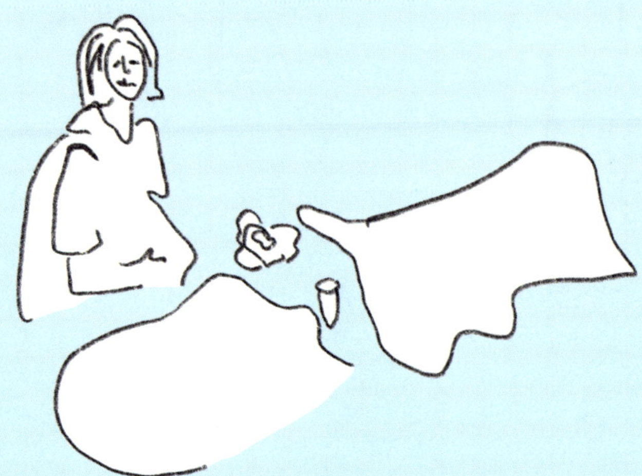

Wenn Mama Dienst hat, ist es nachts noch viel ruhiger als sonst.

Dann höre ich auch die kleinen Dinge.
Das Surren des Geschirrspülers in der Küche.
Das Tropfen des Wasserhahns im Bad.
Kims gleichmässigen Atem.
Die Nachbarn, wenn sie Besuch haben.
Das Ticken meines Weckers.

Ich konnte noch nie gut einschlafen.
Nachts gehe ich oft zum Kühlschrank.

Wenn alles ruhig ist,
werden die Gedanken laut.

Dann denke ich an Mama und Papa und daran,
wie es früher war.

Ich frage mich, wie es ihm geht.
Ich denke, dass er weniger verloren ist,
wenn er viel fotografiert.

Dafür hat er dann auch weniger Zeit für uns.

3. Kim – Mein Körper

Ich bin Kim, 12 Jahre alt, die jüngere Schwester von Olivia.
Ich trage gerne unterschiedliche Socken und T-Shirts mit bunten Aufdrucken, Latzhosen oder kurze Hosen mit Ringelstrumpfhosen darunter.

Wir haben zu Hause Pflaster in allen Farben.
Und Verbandszeug.
Wegen mir.

Als ich kleiner war, wollte ich Zirkusartistin werden.

Und jetzt,
meine Damen und Herren,
sehen Sie die fabelhafte Kim
mit ihrer gewagten Akrobatiknummer
auf dem Elefanten!

Aber dann trennten sich meine Eltern.
Und ich durfte nicht ins Zirkuslager, da es zu teuer war.
Meine Mutter schlug mir stattdessen vor, ins Tanzen zu gehen.

Ich war lange bei den Kleinen in der Gruppe.
Joy leitet beide Gruppen, die der Kleinen und der Grossen.
Da ich im Sommer 12 geworden bin, fragte mich Joy,
ob ich zu den Grossen wechseln möchte.

Anfangs fand ich es cool,
eine grosse Schwester zu haben.
Dann nicht mehr so.
Jetzt ist es ganz in Ordnung, wie es ist.

Sie setzt sich für mich ein.
Zum Beispiel dafür, dass meine
Grosseltern mir ein Skateboard schenken.

Bei der Gesprächsrunde nach dem Tanzen erzählte ich, dass meine Grosseltern fanden, ein Skateboard wäre doch nichts für Mädchen.

Dann hat Joy uns gefragt, wie es uns damit geht, dass man uns als Mädchen wahrnimmt.

Stillsitzen kann ich ganz schlecht.

WENN ICH MICH BEWEGE,

dann fühle ich mich wohl, wie ich bin.

Als ich kleiner war, haben sich die Eltern oft gestritten.

Beim Tanzen zum Beispiel.

Dann ist in mir drin alles schön **laut**.

Jeder Muskel, jede Faser, alles ist wach.

So sehr, dass ich die Welt um mich vergesse.
Aussen ist dann alles still.

Hab ich vergessen.

Deine Lehrerin hat angerufen.

Du hast deine Hausaufgaben schon wieder nicht gemacht.

Das haben wir doch gestern besprochen.

Hast du mir nicht zugehört?

Nur beim Skaten vergesse ich nie etwas. Da erinnere ich mich sogar an die kompliziertesten Wörter.

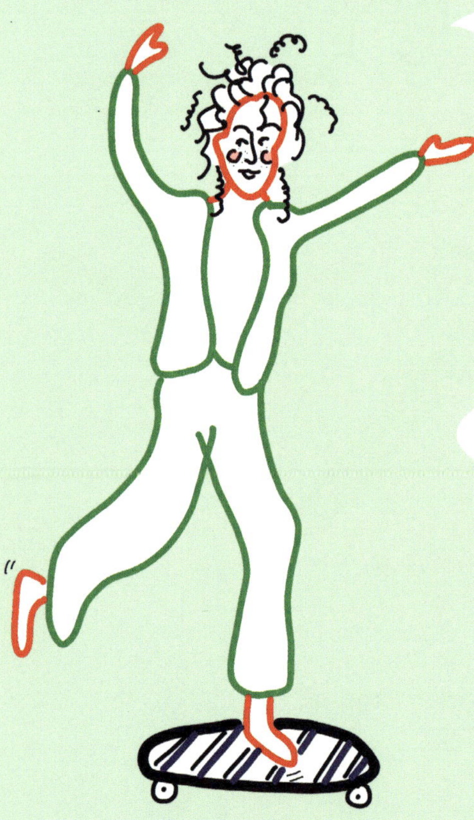

Ich weiss nicht, wieso es so wichtig ist,
ob man ein Mädchen oder ein Junge ist.
Ständig wird darüber geredet.

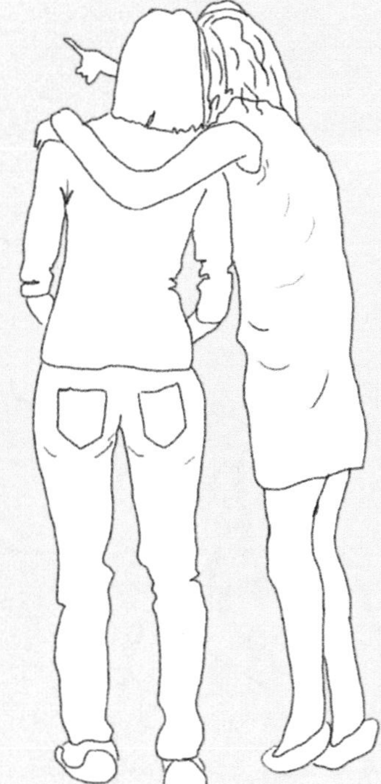

Heute ist in meinem Körper nur ein Teil laut.

Egal, was ich mache, der Rest will einfach nicht.

Meine Schwester. Ich mag sie. Aber manchmal macht sie zu sehr auf Mama.

4. Olivia – Hallo

Weil wir im Zentrum wohnen,
ist alles schön nah beieinander.
Unsere Wohnung, die Schule,
der Park, sogar das Tanzen.
Weil das am Mittwoch ist, treffen wir uns
oft vorher mit Freundinnen oder gehen
in den Park. Dort kann man gut Fotos machen.

Hey Olivia.

Hallo Ellie.

Fandest du die Prüfung auch so schwierig?

Ja, total. Aufgabe 3 konnte ich nicht fertig lösen.

Hast du wieder Fotos gemacht? Ich find die voll schön immer.

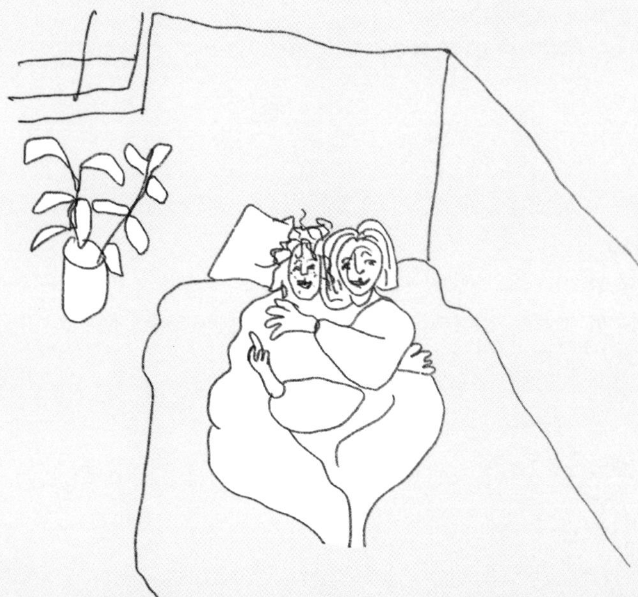

Wenn Kim skatet, muss ich
manchmal wegschauen,
damit ich mir nicht vorstelle,
wie sie hinfällt.

Heute gehts ihr nicht so gut.

Wir könnten den Bus nehmen.
Der macht zwar einen Umweg
um den Park und es sind auch
nur zwei Stationen.
Ich an Kims Stelle würde ja
nach Hause gehen. Mich ins
Bett legen. Aber sie will
das Tanzen nicht verpassen.

Der Bus ist um diese Zeit recht voll.

Wir hätten zu Fuss gehen können.

Mist, gleich muss ich raus

Nächster Halt: Marienbrücke

Wir sind ausgestiegen.
Der Typ auch. Warum schaut der so?

Was?

Hallo.

Nicht rot werden.
Nur nicht rot werden.
Sag etwas.

Ich ... ähm ... also.

Deine Schwester.
Sie hat da was. An der Hose.
ähm ... also.

Oh nein!

Was ist denn los?

Kim ... Du hast
wahrscheinlich deine
Tage gekriegt.

Warte, hier,
ich gebe dir meinen Pullover.
Den kannst du umbinden.
Dann siehts niemand.

Danke.
Wie peinlich.

Ist doch kein Ding.
Ich habe zwei ältere
Schwestern.

Der Typ hat doch tatsächlich seinen Hoodie ausgezogen
und ihn Kim hingestreckt. Er heisst Noah. Wohnt in unserer Strasse.
Ich habe ihm meinen Namen auch gesagt.
Schliesslich müssen wir ihm noch den Pullover zurückgeben.
Vielleicht kann das Kim machen.

Noch bevor wir beim Quartierzentrum Qubus eintreffen,
bittet Kim mich, es niemandem zu sagen.
Und dann noch die helle Hose! Aber echt cool von Noah.

Natürlich fühle ich mich verantwortlich für Kim.
Ich mag es nur nicht, wenn man mich darauf anspricht.
Schliesslich waren die alle nicht dabei,
als sie jede Nacht geweint hat, weil Papa weg war.
Heute weint sie nicht mehr. Das ist zwar leiser,
aber vielleicht ist es trotzdem nicht gut.

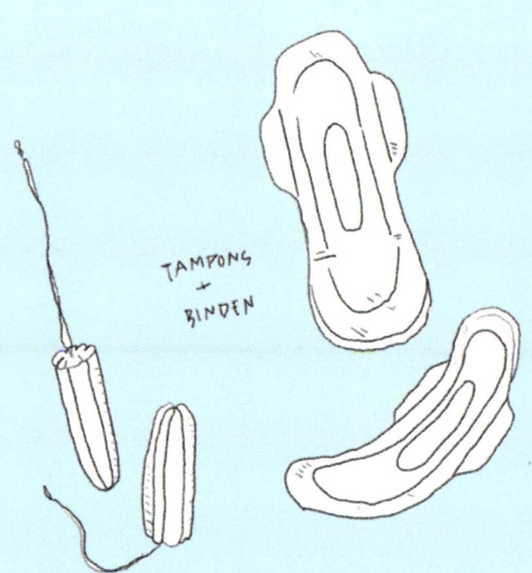

Hallo.
Hey zusammen.
Krass, Noemi, du trägst richtige Balletschuhe?
Ja und, was interessierts dich?
Ist etwas passiert?
Geht schon.
Das ist passiert.
Oh nein, du Arme!
Das erste Mal. Ich habe nichts dabei. Kannst du uns aushelfen?
Hier, Tampon und Binden habe ich immer dabei.
Was soll ich damit?
Nimm eine Binde. Ist einfacher für den Anfang.

Es ist ein schönes Gefühl, nach Hause zu kommen und alles riecht nach Essen.
Auf einmal ist alles andere weit weg.
Und trotzdem bin ich ein bisschen traurig, ohne zu wissen, weshalb.

Alles gut, ihr beiden?

Sie hat ihre Tage gekriegt.

Oh!

Sie will nicht darüber reden. Sie hatte Bauchweh. Und dann haben wir den Bus genommen. Wir hätten nach Hause kommen sollen, ich wusste es. Jemand hat uns geholfen und Elea hat ihr eine Binde gegeben. Wir müssen noch die Hosen auswaschen.

Komm her Schatz. Du musst das nicht alles machen, weisst du? Du bist doch erst 15. Das ist nicht deine Verantwortung, klar? Ich bin die Mutter. Ich mache das.

Es ist ein schönes Gefühl,
wenn zu Hause jemand ist.

Wenn Mama zu Hause ist, dann ist es nachts nicht so still.

Man hört die Nachrichten im Radio,

das Schleudern der Waschmaschine,

das Klappern von abgewaschenen Pfannen.

Dafür ist es in mir drin nicht so laut.
Ich stelle dann gerne meine neusten Bilder auf Insta.

Das war
wirklich nett von Noah.
Und ich habe keinen schlauen
Satz herausgekriegt.
Der findet mich sicher
total doof.

Am Wochenende sollen wir Papa besuchen.
Falls er nicht wieder absagt.

Oh, Noah
hat mein Bild vom
Skaterpark geliked.
Aha, einfach_noah
heisst sein Account.

5. Joy – Tanzen

Ich gehöre zu denen, die schon immer getanzt haben.

Vielleicht liegt es daran, dass ich mit einer
Teenager-Mutter aufgewachsen bin.
Auf Fotos von früher sind wir oft gleich gekleidet.

Joy, wir sind wieder da!

Vielleicht aber auch daran, dass ich Musik schon immer gerne mochte.
Mich dazu bewegen.
Die Augen schliessen.
Einfach sein.

Es gab Zeiten, da wollte ich sogar Tänzerin werden.

Ich habe viele Stile ausprobiert.
Ballett mit 4
Hip-Hop mit 7
Zumba mit 10
Jazz mit 12
Salsa mit 16

Irgendwann dazwischen habe ich die Tanzgruppe entdeckt.
Das war ganz anders, von Anfang an.

Es geht dabei nicht nur ums Tanzen.
Und schon gar nicht um Perfektion oder ums Gewinnen.
Ich weiss, das ist nicht immer bei allen so.

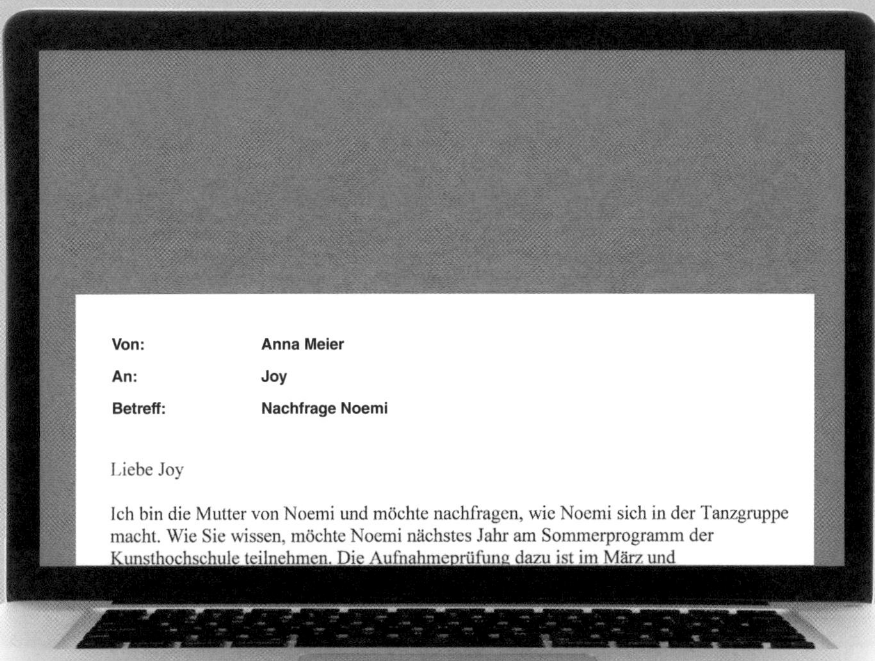

Es ist eher selten, aber es gibt Neue, die kommen mit all diesen Ansprüchen und vergleichen sich mit den anderen.
Dabei geht es doch um viel mehr als das.
Es geht um Bewegung.
Um Freiheit.
Darum, ein Mädchen oder eine Frau zu sein.

Es ist wie eine Familie.

Als mit Alex Schluss war, habe ich alles aufgegeben.

Die Schule.

Meine Freundinnen.
Laura hat mich als Schlampe bezeichnet.
Chiara redet nicht mehr mit mir.
Vanessa ist jetzt mit ihm zusammen.

Die Wettkämpfe.

Ich wollte sogar die Tanzgruppe hinschmeissen.
Aber das brachte ich nicht übers Herz.

Auch zu Hause denke ich oft an die Gruppe.

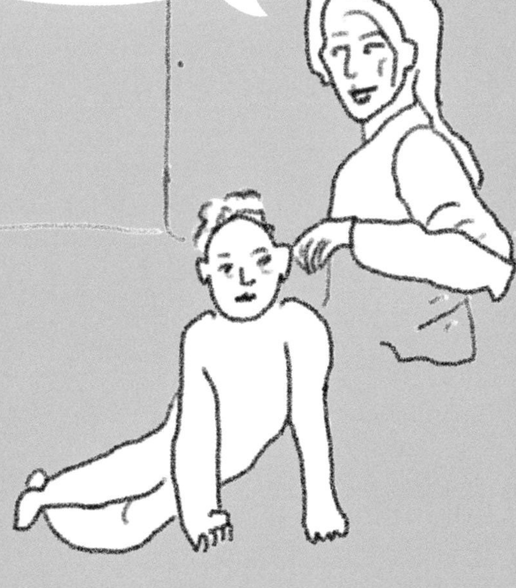

Wenn Neue zu uns in die Gruppe kommen, dann sind sie oft erstaunt, wie gut wir es miteinander haben.

Dass wir über so viel Privates reden.

Dass wir Freundinnen werden.

Dass wir uns gegenseitig helfen.

Und meistens ist es genau das, was sie gesucht haben. Nur manchmal eben nicht.

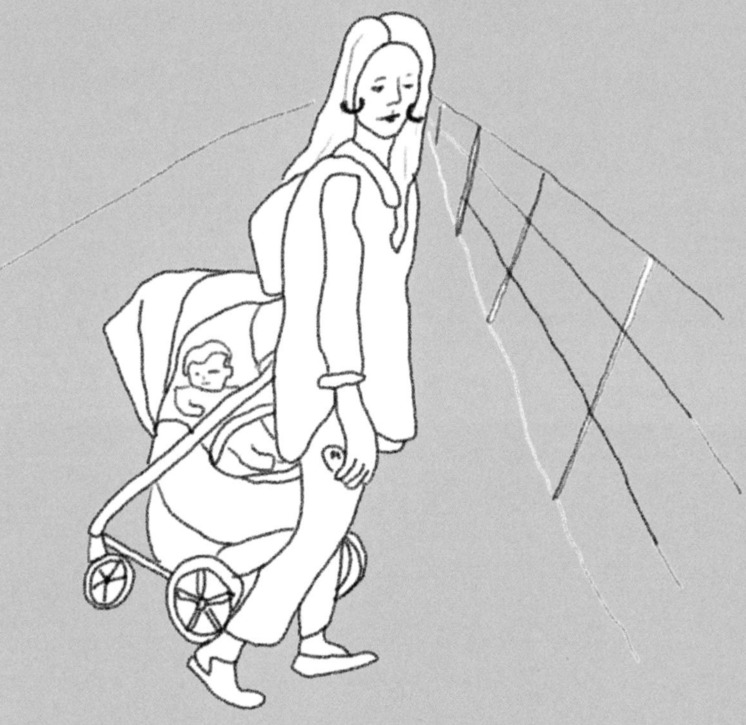

Seit mit Alex Schluss ist, ist mein Leben auf Pause.

Alles gestoppt.
Manchmal wache ich kurz auf und merke, dass es weitergegangen ist.

Manchmal wünsche ich mir, dass ich nicht aufwachen müsste.

Und dann hasse ich mich dafür, dass ich es nicht besser hingekriegt habe.

6. Kim – Liebe

Meine Schwester hat neuerdings einen Freund.
Sie sagt zwar, dass es nur ein Kumpel ist, aber sie wird etwas rot dabei.

Mama sagt nichts dazu, ausser,
dass sie ihn kennenlernen will.

Also macht Mama Raclette für Noah und seine Eltern.
Das macht sie immer, wenn wir Besuch haben,
weil sie zu nervös zum Kochen ist.

Wein gibt es nicht. Gibt es bei uns nie.

Im Winter treffe ich mich vor dem Tanzen oft mit Dilara und Lea.
Wir hören Musik und sprechen über Jungs.

Eigentlich spricht vor allem Lea über Jungs.

Können wir nachher «Dance Monkey» hören?

Ich finde Noah voll süss. Und nett ist er auch.

Können wir auch mal über was anderes reden?

Er ist wirklich sehr nett, auch zu mir. Ich meine, er interessiert sich dafür, was ich mache.

Echt?

Bist du etwa in ihn verliebt?

Ich weiss nicht, was ich sagen soll, also erzähle ich von Noah.
Davon, dass er Olivias Freund ist.
Und echt nett.

Wie weiss man, dass man verliebt ist?

… und dann zweimal
die gleiche Schrittfolge, bis der
Rhythmus wechselt.

Das reicht für heute.
Jetzt machen wir noch Freestyle.

Sehr gut!
Fünf Minuten Pause bis zur
Gesprächsrunde.

… und gestern
in der Pause, da ist er
voll nah an mir vorbeigegangen.
Das hat er sicher mit Absicht
gemacht, meinst du
nicht auch?

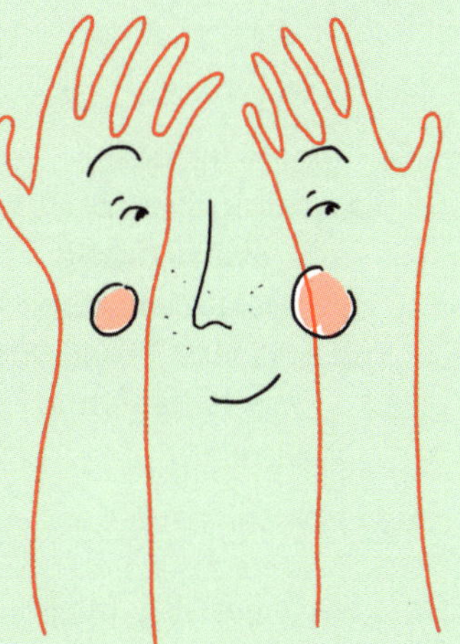

Dilara sagt, dass es wie ein Kribbeln im Bauch sei.
So wie auf der Achterbahn. Oder beim Skaten.

Sie war schon in der ersten Klasse verliebt.
Zuerst in Felix.
Dann in Ben.
Dann in Diego.
Jetzt in Sed.

Wenn wir nach dem Tanzen zusammensitzen, dann reden wir über alles Mögliche. Und weil wir alle Mädchen sind, geht es natürlich auch da oft um Jungs.

Meine Eltern würden das gar nicht erlauben. Die sind da sehr streng. Keine Jungs, schon gar nicht aus einer anderen Kultur als unserer.

Ich weiss nicht so genau, ob ich bereit bin für mehr. Ich meine, ich liebe ihn und wir sind auch schon seit August zusammen.

Ja, schon gut. Also es kribbelt und ich überlege mir, ob ich das richtig mache.

Da gibts doch kein Richtig oder Falsch. Wenn es sich gut anfühlt, dann ist es richtig.

Bedrängt er dich? Möchte er mehr als du?

Ich weiss nicht recht. Schon ein bisschen. Aber ich möchte ja schon auch.

Ich finde, dass es wirklich passen muss. Also so richtig. Ich möchte mein erstes Mal mit jemandem haben, dem ich vertrauen kann.

Ja, genau. Ich stell mir das schlimm vor, wenn sich danach herausstellt, dass er ein Arsch ist und dann alle über dich reden.

Ich höre zu und frage mich, ob mich das irgendwann auch interessieren wird.

Für mich sind Jungs einfach gute Kumpels. Und ich mag es, dass die nicht die ganze Zeit über Liebe reden.

Früher dachte ich mal, dass ich in Emanuel verliebt wäre.
Aber das ging wieder vorbei.
Wir sind einfach gute Freunde und verbringen gern Zeit miteinander.
Aber ich habe kein Kribbeln dabei und rot werde ich auch nicht.

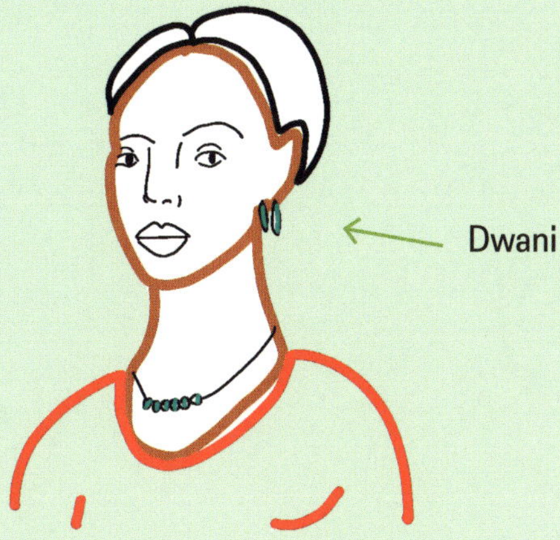

Ich wünschte, meine Eltern würden mir einen Freund erlauben. Es gibt da diesen Jungen in der Parallelklasse. Den finde ich total süss.

Aber für meine Eltern gibt es nur die Schule, die Familie und die Arbeit. Jungs sind verboten. Wenn es nach ihnen ginge, dann dürfte ich sie nicht mal anschauen.

Das ist ja voll schwierig.

Ist doch voll doof, dass deine Eltern so streng sind.

Es gibt ja auch noch andere Arten von Liebe.

**Hey, ihr zwei.
Wie wars im Tanzen?**

Zwischen Schwestern.

+

In der Familie.

Zwischen Freundinnen.

**Hey,
ihr kommt doch
zu meiner Party,
oder?**

**Ich freue mich
schon auf die Party,
Elea. Ich hoffe, meine
Eltern erlauben es.**

**Darf ich
meinen Freund
mitbringen?**

**Ich darf nur kurz,
meine Mutter holt
mich dann ab.**

Liebe zu Sachen, die man mag. Ich mag mein Skateboard und den Helm, meine Poster, Olivias Fotos von der Tanzgruppe und die von mir beim Skaten.

Joy sagt uns immer wieder, dass die wichtigste Liebe die zu uns selbst sei.

7. Olivia – Wir

Zu ihrem 18. Geburtstag hat Elea uns alle eingeladen. Ihre Eltern lassen sie eine grosse Party feiern. Sie haben einen Raum im QUBUS gemietet und wir helfen ihr beim Dekorieren.

In der Schule sind wir immer mit Gleichaltrigen zusammen. Wir leben alle im gleichen Quartier, machen alle das Gleiche durch. In der Tanzgruppe sind wir total gemischt. Was uns verbindet, ist das Tanzen.

Joy: hat einen richtig guten Musikgeschmack.
Elea: geht im Sommer für ein Austauschjahr nach Amerika.
Dwani: kennt die besten Tanzschritte.
Lea: wohnt bei uns schräg gegenüber und hat abends lange Licht.
Kim: bewegt sich wie ein Gumpiball.
Dilara: Kims Freundin.
Ich.
Noemi: neu bei uns, tanzt aber schon lange.

Viele von uns sind schon ewig dabei. Und das ist das Gute daran.
Deshalb lassen uns unsere Eltern an Eleas Party gehen.

Wenn Elea im Sommer nicht nach San Diego gehen würde, dann würde sie anfangen, die Gruppe der Kleinen zu leiten. Sie ist von uns allen am längsten dabei. Abgesehen von Joy, natürlich. Letzte Woche hat Joy mich gefragt, ob ich das übernehmen möchte. Mit ihr zusammen, weil ich noch nicht volljährig bin.

Ich habe mich riesig gefreut, dass Joy mir das zutraut. Andere können besser tanzen. Dwani zum Beispiel. Aber Joy meinte, ich hätte ein gutes Gespür für die Menschen und das sei wichtig.
Ich weiss nicht, ob es ein Gespür ist. Aber es stimmt schon, manchmal habe ich einfach ein ungutes Gefühl.

Man mag mich für brav halten oder für verklemmt.
Das ist mir in den Momenten egal.

Nein, danke.
Ich trinke keinen Alkohol.

Echt jetzt?

Sei doch nicht so.

Echt jetzt. Ausserdem haben wir Eleas Eltern versprochen, dass hier nicht getrunken wird.

Spielverderberin.

Wer nicht will ...

Ich gehe mal an die frische Luft.

Ich komme mit. Ok?

Aber es gibt für alles Gründe.
Und eigentlich braucht es auch gar keine Erklärungen, finde ich.

Ausser vielleicht bei Menschen, die man mag.
Mit denen man Dinge teilen möchte.

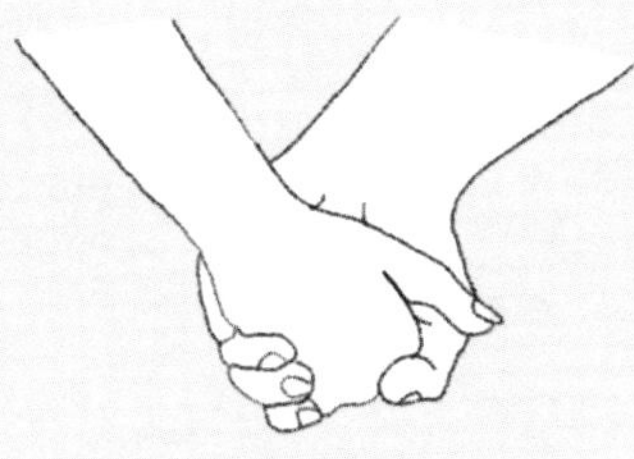

Sorry,
ich wollte nicht
die Stimmung
verderben.

Hast du doch gar nicht.
Das waren die anderen ganz allein.
Ausserdem bin ich eh lieber mit dir
zusammen als mit denen.

Es ist wegen meinem Vater.
Er … Es gibt Zeiten, da trinkt er ganz schön viel. Früher hat meine Mama uns deshalb nicht gerne mit ihm alleingelassen.
Jetzt eigentlich auch nicht. Wir sehen ihn aber nicht mehr so oft.

Ist er … ich meine … ist er …

Alkoholkrank.
Ja.

Menschen, mit denen man sich wohl fühlt,
kann man alles erzählen.
Auch die Dinge, die einem unangenehm sind.

Wir können uns nicht auf ihn verlassen.

Mama wollte nicht mehr, dass er unsere Familie kaputt macht.

Eigentlich vermisse ich ihn gar nicht immer so sehr.

Manchmal geht es ihm auch ganz gut.

Er ist Fotograf, Architektur.

Als ich fünf war, hat er mir meinen ersten Fotoapparat geschenkt.

Einmal war Mama weg, bei der Arbeit, und er ist einfach nicht aufgestanden. Hat bis am Mitta geschlafen.

Wir haben die Schule verpasst wegen ihm.

Ich wünschte, wir wären eine normale Familie.

Mit Menschen, mit denen man sich wohl fühlt, kann man alles machen.

Auf Brücken stehen,

ewig reden,

kleine Dinge geniessen,

tanzen,

sich ganz nah sein.

Menschen, mit denen man sich wohl fühlt, lassen alles andere verblassen.

Und dann ist nicht mehr wichtig, woher man kommt und wer man ist.
Was zählt, ist, dass man nicht allein ist.

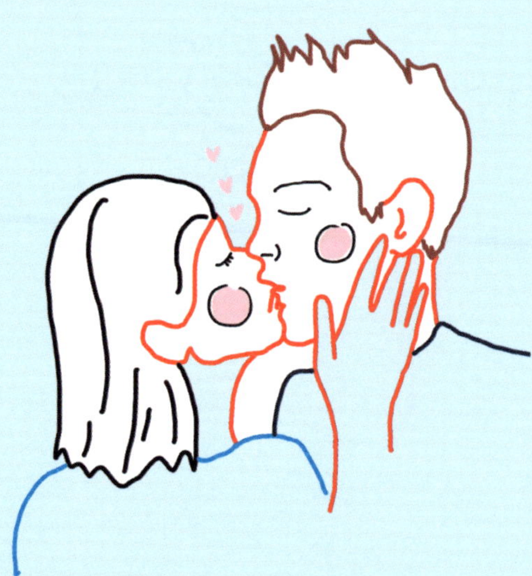

8. Joy – Verantwortung

Gründe, weshalb ich gerne die Tanzgruppe leite:

Ich schaue gerne den anderen zu, wie sie Fortschritte machen.

Ich denke mir gerne neue Choreos aus.

Ich bin gerne Teil der Gruppe.

Ich habe das Gefühl, etwas zu bewirken.

Wenn wir zusammen tanzen,

dann tanzen wir laut.

Gründe, weshalb es mir schwerfällt, die Tanzgruppe zu leiten:

Ich kann die anderen zu wenig unterstützen.

Ich finde meine Choreos langweilig und einfallslos.

Plötzlich merke ich, dass ich der Aufgabe gar nicht gewachsen bin.

Was, wenn ich die anderen negativ beeinflusse?

Doch dann tanzen wir zusammen, und alle Gründe sind verflogen.

Die Geschichte mit Lea und ihrem neuen Freund macht mir Sorgen.

Ich rede nach der Stunde mit Lea.

Joy, kannst du uns noch einmal die Schrittfolge zeigen?

Ich muss aufpassen, dass ich nicht zu viel Verantwortung übernehme.
Dass ich die Grenze nicht überschreite.
Dass ich nicht genau so wie Alex werde.
Aber eigentlich war das doch etwas ganz anderes. Oder?

Danke, dass du mir geschrieben hast, Lea.
Ich weiss nicht, mit wem ich sonst reden soll. Hilfst du mir, Joy?

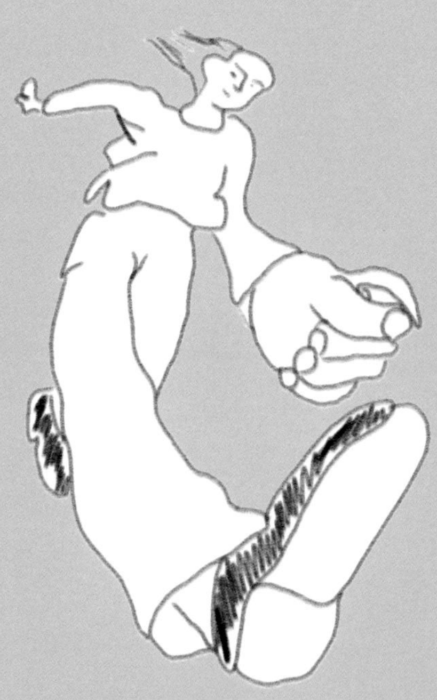

Anfangs war Alex sehr nett zu mir.

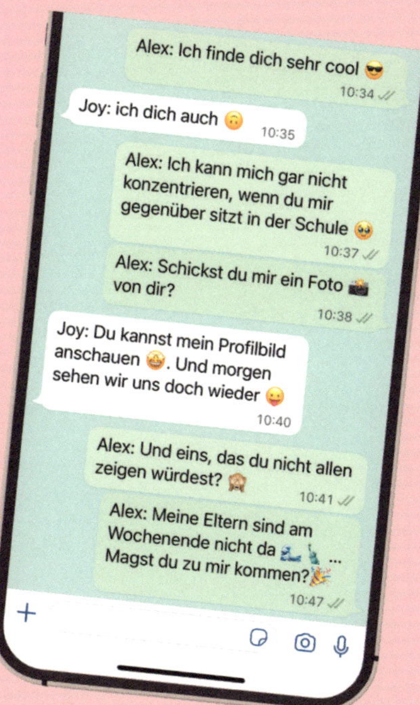

Wir begannen, uns viel zu schreiben.
Auch Sachen, die man mit niemandem teilt.

Ich habe erst viel später gemerkt,
dass Alex richtig eifersüchtig werden kann.
Anfangs schmeichelte mir das.
Aber dann wurde es immer schwieriger.

Ist das dein Ex?

Hä?
Nein, das ist der Bruder von jemandem aus dem Tanzen.

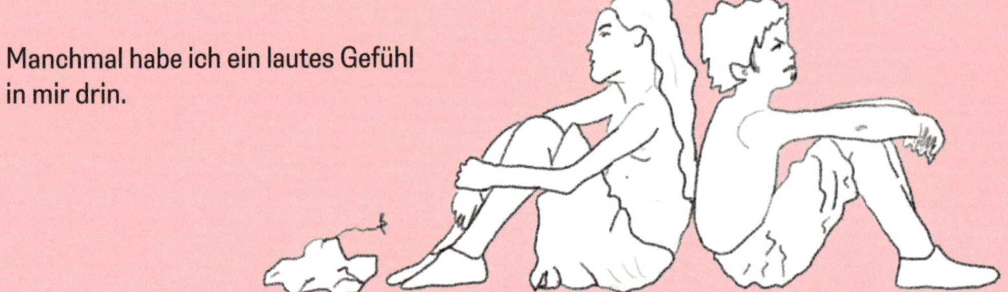

Manchmal habe ich ein lautes Gefühl in mir drin.

Ich kann es zurückdrängen.
Das mache ich schon so lange,
dass ich inzwischen richtig gut darin bin.

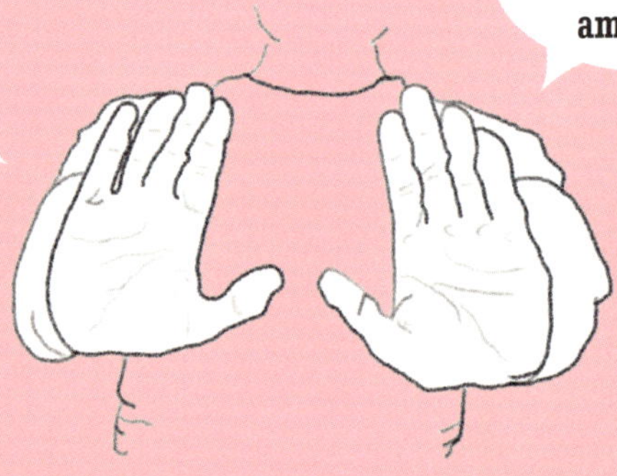

Es wird dann nicht langsam leiser,
sondern ist auf einen Schlag still.

Es ist ein Schuldgefühl.

Ich fühle mich verantwortlich.

Dass ich Lea nicht vorher geholfen habe.

Danke, dass du da bist.

Ich würde den Test nehmen.

Kann ich dir das Geld geben und du zahlst?

Wir gehen an die Selbst-bedienungskasse, dann schaut niemand hin.

Kommst du bitte mit zur Toilette?

Ich habe einen Becher mitgenommen. Weisst du, wies funktioniert? Du machst da rein und dann tauchst du die Spitze des Tests rein.

Erfahren meine Eltern da nichts davon?

Egal, wie es ausgeht, ich würde zur Frauenärztin gehen. Ich kann dir die Adresse von meiner angeben.

Dass ich die Gruppe nicht gut geleitet habe.
Nicht für andere da war.
Mein Leben nicht auf die Reihe kriege.
Eine schlechte Freundin bin.
Alex habe machen lassen.

Siehst du? Negativ.

Niemandem davon erzähle, was passiert ist.

9. Kim – Ich

Nächsten Sommer werde ich 13. Nach dem Geburtstag verbringen wir eine Woche mit Papa. Er hat eine neue Freundin und wir fahren alle zusammen in die Berge.

Seit Lea immer mehr Zeit mit ihrem Freund verbringt und Dilara mittwochs babysittet, bin ich oft bei Emanuel. Wir verkriechen uns dann in sein Zimmer.

Oh cool, du hast den neuen Band von Greg? Ist er gut?

Ich habe ihn schon durch. Willst du ihn ausleihen?

Gerne. Spielen wir eine Runde?

Er hat mir mal gesagt, dass er mich mag. Aber als ich nicht darauf reagiert habe, war das Thema wieder vom Tisch.

Wir spielen stattdessen Videogames und Tischtennis.

Lea hat mich gefragt, ob wir zusammen sind.

Ich habe gegoogelt. Ob das normal ist.
Ob ich mich für Jungs interessiere.
Oder vielleicht für Mädchen.

Ehrlich gesagt, ich glaube nicht, dass ich Mädchen statt Jungs mag. Aber ich weiss es einfach nicht. Deshalb muss ich das testen.

Da ist kein Kribbeln.
Ich möchte einfach langsam das Thema wieder weglegen und mich normal fühlen.

Und eigentlich auch einfach mit den Menschen Zeit verbringen, die ich halt mag.
Als Freunde. Egal, ob Mädchen oder Jungs.

Pubertät ist unglaublich anstrengend.
Ständig versucht man herauszufinden, wer man ist.

Haare: unbändige Frisur.
Leggings: sehr bequem.
Rote Converse-Schuhe: Darin tanzt es sich gut.
Shirt mit einem Aufdruck: möglichst bunt.

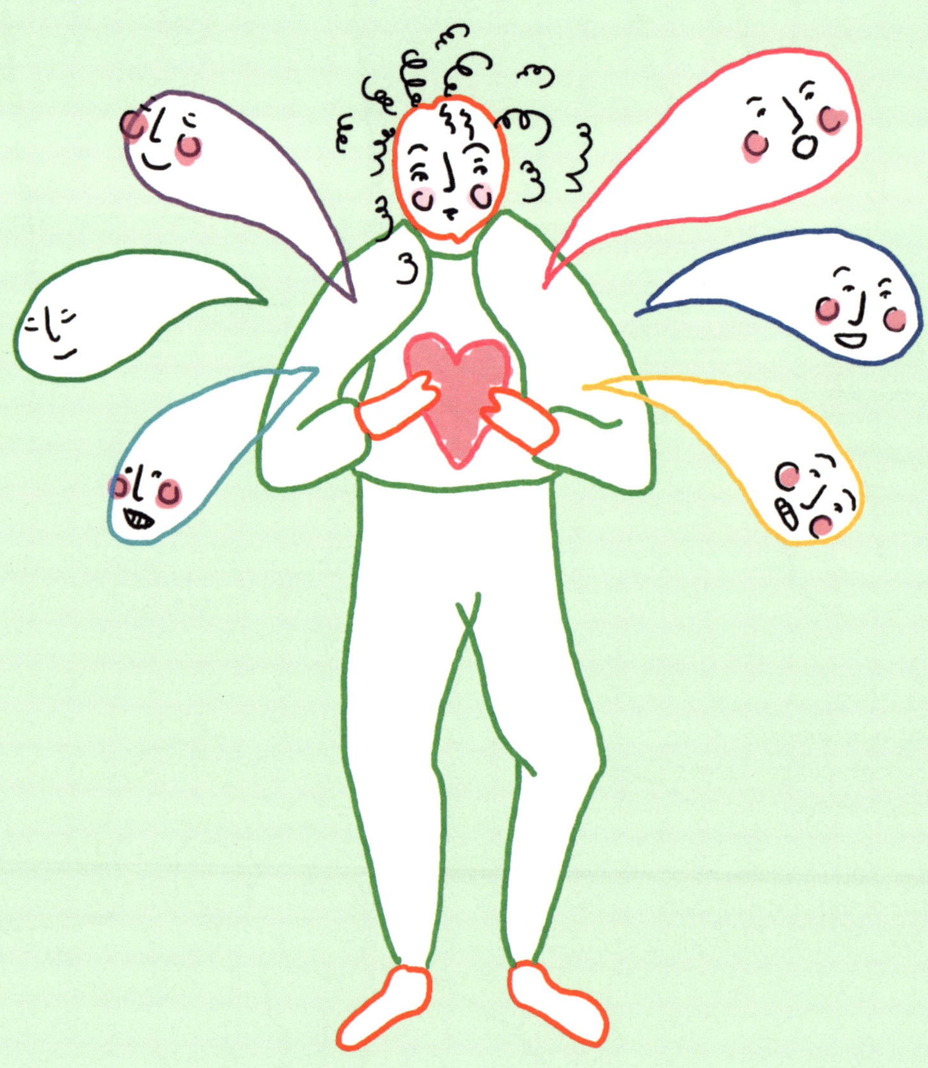

Vielleicht bin ich auch einfach wie Mama.
Mama hatte keinen Freund mehr seit Papa.
Sie sagt, sie hätte genug zu tun mit uns und der Arbeit.
Und ausserdem wolle sie sich nie mehr eingeengt fühlen.

Wie weiss man, ob man Jungs oder Mädchen mag?

Was ist schon normal. Es gibt doch kein Normal.

Bei mir war es so ein Gefühl, es war einfach immer schon da.

Genau, das gibt uns doch die Gesellschaft einfach vor. Aber wenn jemand etwas daran ändern kann, dann wir.

Also, mir war schon klar, dass meine Freundinnen sich alle für Jungs interessierten und das quasi das Normale wäre.

Ihr sagt das so leicht, aber in echt ist es dann schon etwas komplizierter. Für meine Eltern ist es kein Problem, das ist toll. Aber ich hatte auch eine richtig gute Freundin, die nicht damit umgehen konnte.

Ich möchte mich auch frei fühlen.

Ich weiss einfach nicht, wer ich bin.

Für mich bist du
ein Mensch, den ich
bewundere, Kim.
Du bist so frei und machst,
was du willst,
ohne darauf zu achten,
was andere sagen
oder denken.

Für mich bist du
ein richtig mutiger Mensch.
Die Stunts, die du machst,
das ist einfach krass.

Für mich bist du
die beste Schwester und die
beste Freundin, die man sich
vorstellen kann. Weil du lustig
bist und fantasievoll und Dinge
bemerkst, die andere nicht
sehen.

Für mich
bist du die beste Zuhörerin
und Freundin, und ausserde
hast du einen richtig guten
Musikgeschmack.

Für mich
bist du ein unglaublich
lebendiger Mensch, der
voller Bewegungsdrang
und Freude ist.

Ich bin wahrscheinlich einfach ich.
Vor allem, wenn ich mit Menschen zusammen bin, die ich mag.
Vor allem, wenn ich tanze.

Dann vergesse ich all die Fragen, die ich auch noch später beantworten kann.

10. Joy – Zusammen

Man lässt uns zum Glück nicht allein.
Wir Leiterinnen der Tanzgruppen haben alle jemanden,
der uns begleitet. Bei mir ist es Anna.
Ich kann sie jederzeit kontaktieren.

In letzter Zeit rufe ich Anna oft an.
Ich weiss nicht, ob es mit mir zu tun hat.
Oder vielleicht mit Noemi.

Früher habe ich Anna selten angerufen. Ausser, als das mit Alex passiert ist.

Ich glaube, ich denke einfach viel zu oft, dass ich alles allein schaffen muss.

Vielleicht, weil ich nach Alex so allein war.

Ich sage immer, dass ich alles hingeschmissen habe. Dabei ist es auch umgekehrt. Ich wurde hingeschmissen.

Was ich gemacht habe, ist, niemandem davon zu erzählen.

Ich möchte nicht mehr allein sein.

Ich finds einfach nicht richtig,
wenn Jobs in der Familie vergeben werden.
Andere brauchen eine Ausbildung dafür.

Nico scheint sies auch ganz angetan zu haben.
Habt ihr gesehen, dass er sich immer dann Kaffee holt
wenn sie in der Küche ist?

Ich werde Matthias alles erzählen. Vielleicht hat er kurz Zeit für mich?

Ich weiss nicht, weshalb genau jetzt.
Aber ich erzähle Matthias alles.
Von Alex. Den Fotos, die er an alle geschickt hat.
Von den Blicken. Wie sehr ich mich geschämt habe.
Wieso ich nicht zurück in die Schule gehen wollte.

Es ging einfach nicht mehr. Und ich bin auch wirklich dankbar, dass ich hier arbeiten konnte. Aber ich weiss jetzt, dass ich etwas mit Menschen machen möchte. Vielleicht Psychologie. Und dazu muss ich den Abschluss nachholen. Hilfst du mir dabei?

Noch auf dem Heimweg habe ich Alex blockiert.
Ich möchte seine gehässigen Nachrichten nicht mehr lesen.
Jetzt ist es meine Entscheidung, dass er nicht mehr Teil meines Lebens ist.

Damit das Wichtige wieder Platz hat.

Das Leben.
Mein Leben.
Eines, das sich gut und leicht anfühlt.

Auch wenn nicht alles geklärt ist. Ich bin ruhiger geworden
und fühle mich nicht mehr für alle verantwortlich.

Olivia übernimmt zum Glück die Kleinen.
Kim, die Wildeste von uns allen, wird ihren Weg sicher machen.
Mit Alex habe ich abgeschlossen. Aber vielleicht schaffe ich es noch einmal mit meinen Freundinnen.
Noah ist ein cooler Tänzer. Bestimmt macht er etwas draus.
Elea ist zum letzten Mal hier, bevor sie ins Austauschjahr geht.
Lea geht es besser, seit sie mit ihrer Mutter geredet hat.
Dwani scheint fröhlich, wie immer, auch wenn sie strenge Eltern hat.
Dilara hat sich zum Glück mit Kim versöhnt.
Und Noemi? Steht mittendrin und scheint doch allein zu sein.

Ich bin gespannt, was als nächstes kommt.
Langweilig wird uns sicher nicht ...
So oder so werden wir weitertanzen. Alle zusammen. **Ganz laut.**

11. Ein paar Monate sind vergangen

Nun wagst du einen Blick in die Zukunft.

Das Leben geht weiter.
Kreiere, schreibe, zeichne du dein eigenes Ende, reiche es ein und gewinne zwischen Oktober 2022 und März 2023 monatlich tolle Preise! Im Frühling 2023 kürt unsere Jury eine:n Hauptgewinner:in für den besten Beitrag. Vielleicht dich?

Alles, was es zum Mitmachen braucht,
findest du auf www.und-dann-tanzen-wir-laut.ch

Auf diesen beiden Seiten kannst du deinen Lieblingsschluss einkleben. Wir haben uns natürlich auch einen ausgedacht!
Schau sie dir alle an und entscheide selber.

Hat dir das Buch gefallen?

Dann ***empfiehl*** *es deinen* ***Freunden & Bekannten.***

→ Jetzt QR-Code scannen!

Erzähle mir, was du von diesem Buch hältst.

solution powered by hypt | join-hypt.com

Was wäre dieses Buch ohne ...

... roundabout, das einzigartige Streetdancing-Angebot für Mädchen und junge Frauen des Blauen Kreuzes, wo seit über 20 Jahren wild, frech und mit viel Gemeinschaftssinn und ohne Leistungsdruck getanzt wird?
... die über 1600 Mädchen und jungen Frauen, die bei roundabout in rund 150 Orten der Schweiz einmal wöchentlich trainieren, sich nach den Trainings zusammensetzen und gemeinsam lachen, diskutieren, sich gegenseitig inspirieren – vielfältig und bunt, wie sie sind!?
... die über 320 Tanzgruppenleiterinnen, die engagiert und voller Female Power in ihrer Freizeit coole Tanzmoves für die Trainings einstudieren und den Kids und Youth Halt und Unterstützung geben und Vorbild sind?
... die 15 Leiterinnen von roundabout in allen Kantonen, die mit Herzblut die Freiwilligen begleiten und coachen, Partnerschaften aufbauen, neue Schulungsmodule entwickeln, cleane Playlists zusammenstellen, die Community mit kreativen und aufmüpfigen Posts zum Denken und Tanzen anregen und einzigartige Events organisieren?
... die Unterstützerinnen und Unterstützer, namentlich koju und Gesundheitsförderung Schweiz, die dieses Buchprojekt finanziell ermöglicht haben?

Und was wäre diese Graphic Novel ohne Ida, Norah, Janine, Mirjam, Yara, Simone und Rahel, diese spontan zusammengewürfelte Crew von roundabout, die an einem kleinen und feinen Workshop die Buchautorin Melanie und die Illustratorin Nina mit witzigen Ideen, Zeichnungen und Geschichten von roundabout inspiriert haben?

Euch allen gilt unser Dank – von Herzen!

Désirée Aebersold, nationale Koordinatorin roundabout

www.roundabout-network.org

Autorin

Melanie Gerber (*1985) schreibt für Kinder und Erwachsene. Sie studierte an der Sorbonne Universität in Paris Literatur und besuchte in Zürich einen Bildungsgang in Literarischem Schreiben. 2018 gründete sie gemeinsam mit vier Autorinnen und einer Musikerin das Kollektiv «Liederatour». Seither erarbeiten die sechs Künstlerinnen gemeinsame Projekte, unter anderem die Anthologie «Grenzgänge» (Buchfink 2019) und treten an Lesungen und Konzerten auf. Als Frau Spatz erzählte Melanie Gerber Geschichten in der Bibliothek und Alltagsmomente im Internet. Sie war Französischlehrerin, Journalistin und Redakteurin und arbeitet heute als freischaffende Autorin und Lektorin. Ihr Kinderbuchdebüt «Im Himmel gibt es Luftballons» (Baeschlin 2020) wurde für den Korbinian – Paul Maar-Preis für Kinder- und Jugendliteratur nominiert und mit dem KIMI-Siegel für Vielfalt in Kinderliteratur ausgezeichnet. Zuletzt erschien «Das Jahr, in dem wir schwimmen lernten» (Baeschlin 2022).

Illustratorin

Nina Bucher (*2000), Vorkurs/Propädeutikum in Bern 2019–2020, Studentin Kunst und Vermittlung an der Hochschule der Künste in Bern seit 2020.